Tesourinha e a Bruxa

Ilustrações de
MARION LINDSAY

Diana Wynne Jones

Tesourinha e a Bruxa
1ª edição

Tradução de
RAQUEL ZAMPIL

GALERA
junior
RIO DE JANEIRO
2015

CIP-BRASIL. CATALOGAÇÃO NA FONTE
SINDICATO NACIONAL DOS EDITORES DE LIVROS, RJ

J56t
    Jones, Diana Wynne

    Tesourinha e a bruxa / Diana Wynne Jones; ilustração Marion Lindsay; tradução Raquel Zampil. - 1. ed. - Rio de Janeiro: Galera Record, 2015.

    Tradução de: Earwig and the witch
    ISBN 978-85-01-09905-1

    1. Ficção juvenil inglesa. I. Lindsay, Marion. II. Zampil, Raquel. III. Título.

15-19360   CDD: 028.5
                            CDU: 087.5

Título original em inglês: *Earwig and the witch*

Copyright © 2011 by Diana Wynne Jones.

Os direitos morais da autora foram assegurados. Todos os direitos reservados. Proibida a reprodução, no todo ou em parte, através de quaisquer meios.

Texto revisado segundo o novo Acordo Ortográfico da Língua Portuguesa.
Composição de miolo e adaptação de capa: Igor Campos.

Direitos exclusivos de publicação em língua portuguesa somente para o Brasil adquiridos pela EDITORA RECORD LTDA
Rua Argentina 171 — Rio de Janeiro, RJ — 20921-380 — Tel.: 2585-2000, que se reserva a propriedade literária desta tradução.

Impresso no Brasil
ISBN 978-85-01-09905-1
Seja um leitor preferencial Record.
Cadastre-se e receba informações sobre nossos lançamentos e nossas promoções.

EDITORA AFILIADA

Atendimento e venda direta ao leitor:
mdireto@record.com.br ou (21) 2585-2002.

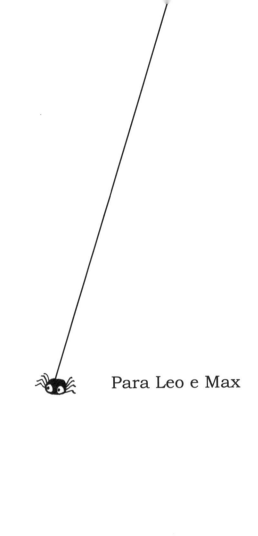

Para Leo e Max

CAPÍTULO UM

No Orfanato de St. Morwald aquele era o dia em que os candidatos a pais adotivos vinham ver quais crianças poderiam levar para casa com eles.

CAPÍTULO UM

– Que *chatice*! – Disse Tesourinha a seu amigo Pudim. Os dois estavam em uma fila no refeitório com as crianças mais velhas. Tesourinha achava aquela tarde inteira uma completa perda de tempo. Ela estava perfeitamente feliz no St. Morwald. Gostava do cheiro de limpeza da cera por toda parte e dos quartos ensolarados. Gostava das pessoas de lá. Isso porque todo mundo, da Sra. Briggs, a Governanta, às crianças menores e mais novas, fazia exatamente o que Tesourinha queria. Se tinha vontade de comer bolo de carne no almoço, ela conseguia que o cozinheiro fizesse para ela. Se queria um suéter vermelho novo, a Sra. Briggs corria e comprava um para ela. Se queria brincar de pique-esconde no escuro, todas as crianças

TESOURINHA E A BRUXA

brincavam, embora algumas tivessem medo. Tesourinha nunca sentia medo. Tinha uma personalidade muito forte.

Havia ruídos na sala de brinquedos ao lado, onde os bebês e crianças pequenas também estavam em fila. Tesourinha podia ouvir as pessoas exclamando: "Ah, ela não é um doce!?" e "Ah, veja só os olhos deste pequenino!"

– Nojento! – murmurou Tesourinha.

– Que grosseria! – Tesourinha gostava da maior parte dos bebês e de todos os grandinhos, mas não achava que eles eram feitos para serem admirados. Eram pessoas, não bonecos.

– Está tudo bem – disse seu amigo Pudim. – Ninguém nunca escolhe você.

11

CAPÍTULO UM

Tesourinha gostava de Pudim mais do que de todos no St. Morwald. Ele sempre fazia exatamente o que ela dizia. Seu único defeito era ser medroso demais.

– Você também nunca é escolhido – disse ela, tranquilizadora. – Não se preocupe.

TESOURINHA E A BRUXA

– Mas as pessoas ficam um pouco indecisas comigo – replicou Pudim. – Às vezes elas quase me escolhem. – Em seguida ele acrescentou, muito ousado: – Você nunca tem vontade de ser escolhida e ir morar em outro lugar, Tesourinha?

CAPÍTULO UM

– Não – disse ela, com firmeza. Mas ficou pensando no assunto. Seria divertido ir morar em uma casa comum, assim como as outras crianças? Então pensou em todas as pessoas do St. Morwald que faziam exatamente o que ela queria e se deu conta de que em uma casa comum só haveria duas ou três pessoas, seis no máximo. Isso era muito pouco para que fosse interessante. – Não – disse ela. – Alguém que me escolhesse teria de ser muito diferente.

Nesse exato momento, a Sra. Briggs entrou apressadamente, vindo da sala de brinquedos e parecendo agitada:

– As crianças mais velhas estão aqui – disse ela. – Acompanhem-me, vou lhes dizer os nomes e falar um pouquinho sobre cada uma.

TESOURINHA E A BRUXA

Tesourinha só teve tempo de sussurrar para Pudim, em tom de advertência: "Lembre-se de parecer vesgo, do jeito que ensinei!", antes de um casal muito estranho adentrar, seguindo a Sra. Briggs pela sala de jantar. Tesourinha pôde perceber que eles se esforçavam para parecer comuns, mas dava para ver que não eram. Nem um pouco. A mulher tinha um olho castanho e o outro azul, e o rosto malcuidado e carrancudo. Não era um rosto agradável. A mulher havia tentado

CAPÍTULO UM

torná-lo mais apresentável arrumando o cabelo em cachos azulados e passando um bocado de batom roxo, o que não combinava nada com o terno de lã marrom ou com o suéter verde vivo. E nada disso combinava com o grande chapéu vermelho ou as botas de salto alto azul-celeste.

Quanto ao homem – na primeira vez que Tesourinha olhou para ele, teve a impressão de se tratar de uma pessoa comum, dessas por quem

TESOURINHA E A BRUXA

você poderia passar na rua. Da segunda vez que o olhou, mal conseguiu enxergá-lo. Ele mais parecia um risco comprido e preto no ar. Depois disso, todas as vezes que olhava para o homem ele parecia mais alto, e ainda mais alto, e o rosto parecia mais sombrio e mais enrugado. E as orelhas dele pareciam compridas. Quando o homem e a mulher pararam diante de Pudim, Tesourinha teve quase certeza de que o homem tinha perto de três metros de altura, e que havia de fato duas coisas projetando-se da cabeça dele. Essas coisas poderiam ser orelhas, mas em vez disso Tesourinha pensou se tratar de chifres.

CAPÍTULO UM

– Este garotinho é John Coster – estava dizendo a Sra. Briggs. Tesourinha estava feliz por não estar no lugar de Pudim. – Os pais dele morreram em um incêndio – explicou a Sra. Briggs. – Tão triste!

Pudim normalmente fechava a cara quando a Sra. Briggs dizia esse tipo de coisa. Odiava que as pessoas dissessem que sua vida era triste. Tesourinha, porém, podia ver que ele estava com tanto medo do estranho casal, que não conseguia nem franzir a testa. E havia se esquecido completamente de envesgar os olhos.

TESOURINHA E A BRUXA

Antes que Tesourinha pudesse cutucar Pudim para que ele ficasse vesgo, o estranho casal desinteressou-se dele. Avançaram e pararam diante de Tesourinha. Pudim ficou branco de alívio.

A Sra. Briggs suspirou.

– E esta é Teresa Linha – disse, sem esperanças. A Sra. Briggs não sabia dizer exatamente por que ninguém nunca queria levar Tesourinha para casa. Ela era uma menina magricela. Os dentes da frente e os cotovelos se projetavam para fora, e ela insistia em pentear o cabelo em duas marias-chiquinhas que apontavam para fora também, assim como os cotovelos e os dentes. Mas a Sra. Briggs conhecia crianças de aparência muito pior que pareciam queridas

CAPÍTULO UM

por todos. O que a Sra. Briggs não sabia era que Tesourinha era muito boa em parecer antipática. Era algo que ela fazia bem discretamente, por baixo do rosto, e sempre, pois estava bastante feliz no St. Morwald.

Nesse momento ela estava fingindo parecer antipática. Achava aquelas duas pessoas as mais horríveis que já havia visto. Elas a fitavam de maneira sombria.

– Teresa está conosco desde bebê – disse, animada, a Sra. Briggs, vendo a forma como a olhavam. Ela só não revelou, porque sempre achou que isso fosse

TESOURINHA E A BRUXA

muito esquisito, que Tesourinha tinha sido
deixada à soleira da porta do St. Morwald,
bem cedo de manhã, com um bilhete preso
à manta que dizia:

AS OUTRAS DOZE BRUXAS ESTÃO
ME PERSEGUINDO. VOLTAREI PARA
BUSCÁ-LA QUANDO TIVER ME LIVRADO
DELAS. ISSO PODE LEVAR ANOS.
O NOME DELA É TESOURINHA.

A Sra. Briggs e a Governanta Assistente
coçaram a cabeça, confusas diante daquela
situação.

– Se essa mãe é uma entre treze, deve
ser uma bruxa que irritou o restante do clã
– disse a Governanta Assistente.

CAPÍTULO UM

– Bobagem! – retrucou a Sra. Briggs.

– Mas – continuou a Governanta Assistente – isso significa que o bebê pode ser uma bruxa também.

– Bobagem! – repetiu a Sra. Briggs. – Bruxas não existem.

A Sra. Briggs nunca contara a Tesourinha sobre o bilhete, nem que seu nome era mesmo Tesourinha. Ela pensava que provavelmente se tratava de uma piada de mau gosto. Tesourinha não era um nome de verdade. Portanto, a Sra. Briggs escrevera "Teresa Linha" com firmeza na certidão de nascimento de Tesourinha, mantendo a boca fechada sobre sua história.

Enquanto isso, Tesourinha tentava parecer o mais antipática possível. Pudim

TESOURINHA E A BRUXA

estava se afastando dela e até a Sra. Briggs lamentava que a natureza encantadora de Tesourinha nunca parecesse se revelar quando era importante. E, ao que parecia, o estranho casal estava achando a menina bem detestável.

A mulher voltou-se para o homem de quase três metros e olhou para ele por debaixo do chapéu vermelho que usava.

– Então? – perguntou ela. – O que o Mandrake acha?

– Acho que é provável – respondeu ele, com uma voz grave e raivosa.

A mulher virou-se para a Sra. Briggs.

TESOURINHA E A BRUXA

– Vamos levar esta aqui – disse, como se Tesourinha fosse um melão ou uma peça de carne no mercado.

A Sra. Briggs ficou tão surpresa que cambaleou para trás, e antes que ela pudesse se recuperar, Tesourinha disse:

– Não vão não. Eu quero ficar aqui.

– Não seja boba, querida – disse a Sra. Briggs. – Você sabe o quanto todos aqui querem ver você morando com uma família de verdade, exatamente como as outras crianças.

– Eu não quero – disse Tesourinha. – Quero ficar com Pudim.

CAPÍTULO UM

– Olhe, querida – disse a Sra. Briggs. – Estas pessoas generosas moram aqui perto, na Avenida Lima. Tenho certeza de que elas a deixarão voltar para ver seus amigos sempre que quiser, e quando as aulas recomeçarem, você vai poder ver Pudim todos os dias.

Depois disso, não parecia haver nada que Tesourinha pudesse fazer, a não ser ajudar uma das estagiárias a arrumar sua mala enquanto a Sra. Briggs levava o estranho casal até seu escritório para assinar os formulários. Em seguida, Tesourinha teve de dizer adeus a Pudim e correr atrás da mulher de chapéu vermelho e do homem de quase três metros. As coisas na cabeça dele eram mesmo chifres, Tesourinha tinha certeza. Ficou surpresa por ninguém mais

TESOURINHA E A BRUXA

ter notado. Mas, principalmente, estava furiosa e surpresa porque, pela primeira vez, alguém a estava obrigando a fazer algo que ela não queria. Ela não conseguia entender.

– Suponho que é melhor ver isso como um desafio – disse a si quando viraram na Avenida Lima.

TESOURINHA E A BRUXA

CAPÍTULO DOIS

Tesourinha não ficou nem um pouco surpresa ao descobrir que a casa na Avenida Lima era o número treze. Combinava com aquelas pessoas, ainda que a casa fosse

CAPÍTULO DOIS

um bangalô perfeitamente comum. O homem de quase três metros abriu o portão e atravessou um jardim bem organizado com canteiros de rosas em formato de losango no centro exato de cada trecho de gramado. As janelas do bangalô eram todas agradáveis e baixas, observou Tesourinha. Seriam fáceis de escalar caso o desafio se tornasse muito difícil e ela resolvesse fugir.

O homem passou pela porta de entrada primeiro e afastou-se pelo corredor, dizendo:

– Dei o que você queria. Agora não quero mais ser perturbado.

Tesourinha não viu para onde ele foi porque a mulher abriu a porta mais próxima à direita e jogou a mala de Tesourinha ali dentro.

TESOURINHA E A BRUXA

– Você vai dormir aqui – disse ela. Tesourinha viu de relance um quartinho vazio, antes de a mulher fechar a porta e retirar o grande chapéu vermelho. Ao pendurá-lo com cuidado em um gancho, disse: – Agora vamos deixar algumas coisinhas bem claras. Meu nome é Bella Yaga e eu sou uma bruxa. Trouxe você para cá porque preciso de outro par de mãos. Se você trabalhar duro e fizer o que lhe mandarem, como uma boa menina, não vou fazer nada para machucá-la. Se...

Tesourinha viu que aquilo ia ser de fato um desafio muito grande, muito maior do que qualquer outro que ela já havia enfrentado no St. Morwald. Tudo bem. Ela gostava de desafios. E, em algum lugar no fundo de sua mente, Tesourinha sempre tivera esperanças

CAPÍTULO DOIS

de talvez um dia encontrar alguém para lhe ensinar um pouco de magia.

– Tudo bem – interrompeu ela. Se você quer que alguém faça o que você deseja, é muito importante começar da maneira certa. Tesourinha sabia bem disso. – Está tudo certo – disse ela. – Não achei que você parecesse mesmo uma Mãe Adotiva. Então está combinado. Você concorda em me ensinar magia e eu concordo em ficar aqui e ser sua assistente.

Dava para ver que Bella Yaga havia esperado ter de intimidá-la e ameaçá-la.

– Bem, então está combinado – disse ela, mal-humorada. Parecia bastante irri-

TESOURINHA E A BRUXA

tada. – É melhor você vir aqui e começar a trabalhar. – E conduziu Tesourinha pela porta à esquerda.

Tesourinha olhou à sua volta e tentou não fungar muito alto. Nunca havia visto um lugar tão sujo. Como estava acostumada aos quartos arejados e aos pisos limpos e polidos do St. Morwald, foi um choque e tanto. Tudo estava coberto de poeira. No chão, havia uma espécie de lodo formado por sujeira antiga, mofo verde e restos de feitiços – a maioria parecia ser ossinhos brancos e coisas pequenas, pretas e podres. O lodo erguia-se em um dos cantos, formando um monte, sobre o qual havia um caldeirão preto enferrujado. Debaixo dele, chamas verdes tremeluziam. O cheiro de queimado era horrível. Havia mais coisas fedorentas, como garrafas empoeiradas e velhos embrulhos marrons, alguns deles transbordando, espalhadas pela mesa comprida e suja ou jogadas desordenadamente nas prateleiras. Todas as tigelas e jarros empilhados no chão estavam cobertos de fuligem ou lodo marrom.

Tesourinha tapou o nariz por causa do cheiro, perguntando-se se a bruxaria

precisava de fato de tantas coisas podres. Ela pensou que, quando houvesse aprendido o suficiente, seria um novo tipo de bruxa. Uma bruxa limpa. Enquanto isso, correu os olhos ao redor e ficou atônita ao ver que o lugar parecia ter pelo menos o mesmo tamanho de todo o bangalô.

Bella Yaga deu uma risadinha ao ver a expressão no rosto da menina.

CAPÍTULO DOIS

– Ande logo, garota – disse ela. – Você não está aqui para ficar olhando. Se não gosta assim, pode limpar mais tarde. Por ora, quero você aqui nesta mesa, moendo aqueles ossos de ratos para mim. – Quando Tesourinha aproximou-se da mesa, enroscando os tornozelos em duas cobras mortas no caminho, Bella Yaga disse: – Bem, temos uma importante regra nesta casa. E você precisa aprendê-la imediatamente. Não se deve, em nenhuma circunstância, jamais perturbar o Mandrake.

TESOURINHA E A BRUXA

– Está falando do homem com chifres?
– perguntou Tesourinha.

– Ele não tem chifres! – disse Bella Yaga, zangada. – Pelo menos, não na maior parte do tempo. Eles aparecem quando ele é perturbado.

– O que mais acontece quando ele é perturbado? – indagou Tesourinha.

Ela pensou ter visto Bella Yaga estremecer diante da ideia.

– Coisas terríveis – disse a bruxa. – Se você tiver sorte, não vai descobrir. Agora, mãos à obra.

Logo, Tesourinha estava socando sem parar com um pesado pilão em uma tigelinha de pedra. A princípio os ossinhos brancos na tigela faziam crec, crec. Depois de uma hora, já eram pó branco e faziam pluf, pluf,

37

CAPÍTULO DOIS

mas Bella Yaga dizia que o pó tinha de ser mais fino que a mais fina das farinhas e fez Tesourinha continuar socando. A essa altura, os braços de Tesourinha doíam e ela estava entediada. Bella Yaga não quis dizer por que tinha de fazer o pó. Ela não respondia a absolutamente nenhuma das perguntas de Tesourinha.

TESOURINHA E A BRUXA

A menina viu bem claramente que Bella Yaga não ia lhe ensinar magia. Ela só queria que Tesourinha fizesse o trabalho pesado. Tesourinha percebeu que teria de fazer alguma coisa a respeito, assim que soubesse o suficiente sobre Bella Yaga, o bangalô e todos os seus hábitos. Assim, prosseguiu socando o pó e manteve os olhos e ouvidos atentos.

A única criatura viva na oficina era um gato preto, que passava o tempo espreitando, infeliz, no calor atrás do caldeirão enferrujado. De vez em quando, Bella Yaga corria o dedo por uma página do livrinho ensebado sobre a mesa ao lado dela e murmurava:

CAPÍTULO DOIS

– Aqui pede um espírito familiar. – Então ela marchava até o caldeirão, gritando: – Vamos lá, Tomás! Hora de fazer a sua parte! Tomás sempre tentava escapar. Uma vez Bella Yaga o pegou depois de apenas uma rápida briga, mas na maior parte das vezes ele corria em torno das paredes da oficina com Bella Yaga atrás dele, berrando:

– Faça o que eu mando, Tomás, senão vou fazê-lo ter vermes! – Quando ela pegou o gato, marchou de volta para a mesa carregando-o pela nuca e o largou ao lado do livro ensebado. Tomás agachou-se ali, formando um montinho irritado e arrepiado, até que Bella Yaga terminasse aquela parte do feitiço. Então fugiu para trás do caldeirão outra vez.

TESOURINHA E A BRUXA

Tesourinha podia ver que o livro ensebado continha todos os feitiços de Bella Yaga. De onde Tesourinha se encontrava, o volume a fazia lembrar-se dos livros de receitas do cozinheiro do St. Morwald, exceto pelo fato de que esse livro era muito mais sujo. Na terceira vez em que Bella Yaga saiu correndo pela oficina atrás de Tomás, Tesourinha continuou martelando o pó com uma das mãos e puxou o livrinho para mais perto com a outra. Ainda socando sem parar com uma só mão, ela virou as páginas.

Feitiço para Ganhar o Primeiro Prêmio em uma Competição de Cães era aquele no qual Bella Yaga estava trabalhando no momento. A página seguinte era *Para Matar as Dálias da Casa Vizinha* e a página seguinte era *Poção*

CAPÍTULO DOIS

do Amor para o Garoto da Casa ao Lado. Foi nesse momento que Bella Yaga voltou para a mesa carregando Tomás enroscado e pendurado. Tesourinha apressou-se em empurrar o livro de volta ao outro lado da mesa e socar o pó com ambas as mãos.

Lá pela hora da ceia, Tesourinha tinha conseguido ver cerca de um quarto dos feitiços do livro, mas nenhum deles parecia ter qualquer utilidade para ela. Tesourinha pensou durante algum tempo em um feitiço chamado *Fazer um Skate Executar Truques*, mas, embora soasse engraçado, não parecia haver nada nele capaz de impedir Bella Yaga de lhe fazer alguma coisa horrível caso ela o experimentasse. E era disso que ela precisava de fato, pensou enquanto seguia Bella Yaga

TESOURINHA E A BRUXA

pelo corredor até a cozinha. Precisava estar
a salvo de Bella Yaga antes que ela pudesse
lhe fazer qualquer coisa.

Para surpresa de Tesourinha, a cozinha
era bem comum, aquecida e aconchegante,
com a mesa posta para três e o jantar fu-
megando sobre ela. Havia um grande peixe
em uma travessa debaixo da mesa, o qual
Tomás correu para comer. Tesourinha olhou
para Mandrake. Ele estava sentado em uma
cadeira na extremidade da mesa, lendo um
grande livro encadernado em couro. Parecia
um homem comum de mau humor. Mesmo
assim, não parecia alguém que tivesse pre-
parado o jantar.

— E o que foi que os demônios nos trou-
xeram hoje? – perguntou Bella Yaga na voz

TESOURINHA E A BRUXA

aguda e aduladora que sempre parecia usar com o Mandrake.

– Torta e batata frita do bufê da Estação de Stoke-on-Trent – grunhiu o homem sem levantar a cabeça.

– Eu odeio a torta da Estação – declarou Bella Yaga.

O Mandrake ergueu a cabeça. Seus olhos eram como poços escuros. Uma centelha de fogo vermelho brilhava lá no fundo de cada poço.

– É o meu prato predileto – disse ele. As faíscas em seus olhos tremeluziram e cresceram.

Naquele instante, Tesourinha compreendeu por que não deveria perturbar o Mandrake. Ficou contente por ele aparentemente não ter percebido a presença dela ali.

45

TESOURINHA E A BRUXA

CAPÍTULO TRÊS

Durante um ou dois dias, Tesourinha ocupou-se discretamente descobrindo tudo que podia sobre o número treze da Avenida Lima. Era um lugar muito estranho. Para começar, parecia não haver nenhuma for-

CAPÍTULO TRÊS

ma de sair pela frente. Não havia porta da frente pelo lado de dentro. No lugar onde ela deveria estar havia apenas a parede nua. Tesourinha podia ver o bonito jardim da frente pela janela de seu quartinho vazio, mas, quando tentou abrir a janela, descobriu que não era possível. Era apenas vidro embutido na janela.

TESOURINHA E A BRUXA

Tesourinha decidiu encarar aquilo como mais um desafio e encontrar outra saída. Ela podia ir para o quintal nos fundos facilmente. A passagem se dava por uma porta na cozinha, que levava ao lugar que era uma profusão de ervas daninhas. Bella Yaga estava sempre mandando Tesourinha lá fora para pegar urtigas ou frutos de briônia ou beladona. Todas as vezes, ela abria caminho em meio às urtigas e cardos que se erguiam acima de sua cabeça até um novo ponto no emaranhado de arbustos gigantes aos limites do quintal, mas tudo que conseguia era ficar arranhada e espetada.

– Você não vai sair por ali! – dizia Bella Yaga, rindo perversamente.

– Por que não? – perguntava Tesourinha.

CAPÍTULO TRÊS

– Porque o Mandrake colocou os demônios dele de guarda, é claro – respondia Bella Yaga.

Tesourinha fazia que sim com a cabeça. Aquele era mais um desafio. Ela começava a perceber que teria de fazer o Mandrake fazer o que ela queria também, e isso não seria fácil sem perturbá-lo.

Ela continuou a investigar. O bangalô era muito maior por dentro do que parecera

TESOURINHA E A BRUXA

por fora e havia muita coisa para explorar. A porta ao lado do quarto de Tesourinha levava ao banheiro. Era um cômodo comum, como a cozinha. Tesourinha logo descobriu que ela era a única pessoa que se dava ao trabalho de tomar banho nele, ou de escovar os dentes. Assim que teve certeza disso, ela se apossou do cômodo e prendeu na porta do armário as fotografias de Pudim e da Sra. Briggs que havia levado consigo.

A porta depois do banheiro dava em uma sala imensa repleta de livros de couro como aqueles que Mandrake lia no jantar. A outra, ao fim do corredor, ao lado da porta da cozinha, abria-se para um lugar escuro com chão de concreto que cheirava... bem, como se alguma coisa tivesse morrido ali dentro.

51

CAPÍTULO TRÊS

Tesourinha respirou profundamente, tapou o nariz e caminhou na ponta dos pés até a porta na outra extremidade. O lugar parecia uma igreja, mas havia um carro – um pequeno Citroën – estacionado no meio, entre as colunas. Não havia porta para nenhum outro lugar. Tesourinha supôs que devia ser a garagem. Ela recuou, bastante aborrecida.

Afora aqueles cômodos e a oficina de Bella Yaga, a cozinha era o único outro aposento que Tesourinha conseguia encontrar. Quando foi lá em sua primeira manhã, surpreendeu-se novamente com a normalidade do lugar.

Tomás estava sentado ao sol no parapeito da janela, com as patas dianteiras enfiadas sob o corpo, tal como um gato normal. Bella Yaga fritava ovos com bacon ao fogão.

TESOURINHA E A BRUXA

– Observe com atenção – disse Bella Yaga para Tesourinha. – No futuro, você deverá preparar o café da manhã.

– Sim – disse Tesourinha. – Onde você dorme? Não encontrei uma porta para o seu quarto.

– Cuide da sua vida – respondeu Bella Yaga.

– O que fará comigo se eu não cuidar? – perguntou Tesourinha.

Dava para ver que Bella Yaga não havia esperado tal pergunta. Ela pareceu bastante surpresa e respondeu com a mesma ameaça que usava com Tomás.

– Vou fazer você ter vermes. – Então pareceu achar que era melhor assustar Tesourinha devidamente, e acrescentou: – Ver-

TESOURINHA E A BRUXA

mes grandes, azuis e roxos, serpenteantes.
Portanto, cuidado, minha garota!

Tesourinha não tomou cuidado. Ela ficou quieta e obediente na oficina o dia todo. Bella Yaga a pôs para picar urtiga, macerar frutos venenosos e fatiar peles de cobras em tiras muito, muito finas. À tarde, havia sempre coisas para contar, grãos de sal ou olhos de salamandras. Tesourinha estava aborrecida novamente. Nos dois primeiros dias ela só conseguiu olhar o livro de feitiços quatro vezes, e o único feitiço que parecia remotamente útil era um intitulado *Para Aguçar os Olhos à Noite*. Enquanto Tesourinha se perguntava como poderia usar esse, mantinha um olho atento ao que Bella Yaga fazia com as coisas que Tesourinha picava

55

CAPÍTULO TRÊS

e fatiava para ela. Parecia interessante – e fácil. Algumas das coisas eram fervidas no caldeirão e então batidas e transformadas em loções com um misturador elétrico velho e barulhento. Outras eram cuidadosamente embrulhadas em pequenos pacotes dentro de uma folha de beladona, que Bella Yaga então amarrava com nós especiais usando as tiras de pele de cobra. Tesourinha teria gostado de tentar fazer aquilo também.

– A única coisa errada com a magia é que ela cheira muito mal – disse Tesourinha para si à noite em seu quarto. Ela suspirou. Nem a ideia de fazer ela mesma um feitiço de verdade compensava o fato de não estar mais no St. Morwald. Sentia muitas saudades de Pudim. E não estava acostumada a

TESOURINHA E A BRUXA

dormir sozinha à noite. No Sr. Morwald havia dormitórios com fileiras de camas. Mas a coisa da qual ela mais sentia falta era de não poder ir até o cozinheiro e pedir o que queria no jantar.

– Eu costumava ser igual ao Mandrake, acho. – Tesourinha suspirou. – Só que ele tem demônios para trazer o que ele quer. Sortudo!

A única coisa que impedia Tesourinha de sentir-se totalmente infeliz era o gato, Tomás. De algum modo, ele conseguiu empurrar a porta e abri-la – embora Tesourinha soubesse que a havia fechado bem – e pulou na cama dela, onde

57

CAPÍTULO TRÊS

se sentou aos seus pés e ronronou. Tesourinha o acariciou. Seu pelo era macio, felpudo e bem limpo, apesar de passar o dia todo atrás do caldeirão. Seu ronronar, vibrando através dos dedos dos pés dela, era tão reconfortante que Tesourinha conversou muito com ele. Por várias vezes, ela se enganou e o chamou de Pudim. Aquilo a alegrou tanto que ela pegou seu material de desenho e fez um desenho muito indelicado de Bella Yaga. Deu a ela um olho de cada cor, cabelos azuis e batom roxo, e desenhou seu rosto ossudo da forma mais feia possível. Depois disso, sentiu-se muito melhor. De manhã, prendeu o desenho no armário do banheiro e sentiu-se ainda melhor.

TESOURINHA E A BRUXA

Tomás veio e sentou-se em cima de Tesourinha na noite seguinte também. Tesourinha fez carinho nele.

Então ela começou a desenhar o Mandrake, tão imenso, carrancudo e horrível quanto lhe foi possível. Pôs pontos vermelhos em seus olhos e acrescentou os chifres – só que eles mais pareciam orelhas de burro. Ela teria

CAPÍTULO TRÊS

gostado de acrescentar um ou dois demônios, mas não sabia que aparência eles tinham, então voltou a se dedicar a fazer o rosto do Mandrake bem horrível. Durante o tempo todo era distraída de seu desenho por uma estranha luz na parede do quarto. Era quase como se a parede estivesse enrubescendo, ou houvesse fogo dentro dela.

— O que é isso? — perguntou ela, zangada, depois de ter cometido um erro na boca do Mandrake pela terceira vez.

— É o Mandrake — respondeu Tomás. — O covil dele fica do outro lado desta parede.

Tesourinha deixou cair a caneta e fitou o gato. Os olhos redondos e verde-claros a encaravam com toda a calma.

— Você... hã... você fala! — exclamou ela.

TESOURINHA E A BRUXA

– É claro – disse Tomás. – Embora nem sempre. Acho que você devia parar de desenhar. Está começando a perturbar o Mandrake.

Tesourinha apressou-se em empurrar o papel e as canetas para debaixo das cobertas.

– Você sabe alguma coisa sobre feitiços? – perguntou ela.

– Razoavelmente. Mais do que você – respondeu. – Vi você olhando o livro dela. O que procura está perto do fim. Quer que eu lhe mostre?

– Sim, por favor! – exclamou Tesourinha.

TESOURINHA E A BRUXA

CAPÍTULO QUATRO

– Mas... espere um instante – disse Tesourinha. – Como o quarto do Mandrake pode ficar do outro lado dessa parede? Ali fica o banheiro.

CAPÍTULO QUATRO

Tomás estava se levantando e esticando as patas, duas de cada vez. Ele olhou para ela por sobre o ombro negro e lustroso.

– Sim, eu sei – disse ele. – Mas ainda assim é ali. – Ele terminou de se esticar e afiou as garras na colcha da cama. – Você vem? – perguntou e saltou para o chão.

Tesourinha correu atrás dele, deixando o quarto e atravessando o corredor. A porta da oficina estava fechada. Tomás, porém, esticou-se e afiou um pouco mais as garras perto da maçaneta. A porta se abriu de mansinho. Tesourinha atrapalhou-se para acender as luzes, e eles entraram furtivamente.

– Ai, eca! – gritou Tesourinha ao sentir o lodo sob os pés descalços.

– Depressa. Você pode lambê-los e lim-

TESOURINHA E A BRUXA

pá-los mais tarde. – Tomás saltou para a mesa e tocou o livro ensebado. – Abra-o no fim e vá voltando as páginas até eu dizer que pare – disse ele.

Foi o que Tesourinha fez. Ela virou a página de *Para Criar uma Praga de Vermes*, rapidamente, porque Tomás começou a tremer, para *Uma Tempestade Para Estragar uma Festa da Igreja*, e então para *Um feitiço*

CAPÍTULO QUATRO

Para Fazer o Ônibus Chegar na Hora e Para Proteger o Corpo de Toda Magia, e...

– Pare – disse Tomás. – É esse o nosso. Se o usarmos, ela não vai poder fazer nada contra nenhum de nós dois.

Tesourinha olhou. O feitiço ocupava duas páginas em letras miúdas.

– Mas Pudim... quero dizer, Tomás... tem centenas de ingredientes aqui!

– Todos eles estão em algum lugar desta oficina, e nós temos a noite toda – retrucou Tomás. – Vamos logo. – Ele sentou-se diante do livro, o rabo enroscado na frente das patas contraindo-se delicadamente. – Você vai precisar de ossos de rato em pó, olhos de salamandras e sapo bem fatiado para esse primeiro estágio. Enquanto estiver fazendo

TESOURINHA E A BRUXA

isso, pode começar a aquecer o meimendro; é preciso aquecer três fios do pelo da cauda de um gato com ele, mas, por favor, arranque-os delicadamente.

Durante quase a metade da noite, Tesourinha deslizou no lodo, trabalhando muito mais do que jamais trabalhara para Bella Yaga durante o dia. Tomás manteve-se inclinado sobre o livro, como se estivesse vigiando uma toca de rato, anunciando os ingredientes seguintes necessários ao feitiço.

– Agora beladona... é o quarto frasco ali adiante, aquele que não está tão empoeirado quanto os outros. Três gotas com o meimendro. – A meio caminho, ele disse: – Familiar necessário. Tudo bem. Estou aqui.

TESOURINHA E A BRUXA

– O que isso quer dizer? – Tesourinha arquejou. A essa altura ela socava a gosma com uma das mãos e mexia uma mistura verde grudenta com a outra, como se sua vida dependesse disso. E talvez dependesse mesmo, ela pensou. Bella Yaga não ia perdoá-la se descobrisse.

– Um familiar é um gato ou outro animal ajudante de uma bruxa – disse Tomás. – O animal precisa estar perto do feitiço para que ele funcione. E – acrescentou, presunçoso – um gato preto faz isso como ninguém.

– Então por que você sempre foge? – Tesourinha arfava, misturando e socando. Era como

CAPÍTULO QUATRO

tentar dar tapinhas na cabeça e esfregar a barriga ao mesmo tempo.

— Porque eu não gosto do tipo de feitiço que ela faz — respondeu Tomás. — Eles me dão a sensação de que alguém está acariciando meu pelo no sentido contrário. Uma gota de elixir de rosas na mistura verde agora.

Já perto do fim, houve um momento terrível, em que Tomás leu:

— Misture tudo numa grande tigela e diga as palavras.

— Quais palavras? — perguntou Tesourinha, inclinando-se sobre Tomás para olhar. Não havia nada escrito no livro sobre as tais palavras. Depois de "diga as palavras", o feitiço prosseguia: "Espalhe o resultado do unguento sobre todo o seu corpo." — QUAIS

TESOURINHA E A BRUXA

PALAVRAS? – gritou Tesourinha. – Aqui não diz!

– Acalme-se! – pediu Tomás, que também parecia um pouco inquieto. – São palavras de amarração. Já a ouvi usar umas seis diferentes. Acho que consigo me lembrar...

– É melhor você se lembrar, Pudim... quero dizer, Tomás! – disse Tesourinha. – Depois de todo esse trabalho que tive! Diga todas elas. Cada uma que você já ouviu!

– Está certo – concordou Tomás, abanando a cauda, irritado. – Mas só se você parar de me chamar de Pudim. E terá de repeti-las exatamente depois de mim. Você é a bruxa aqui, não eu.

Assim Tesourinha remexeu a mistura e ouviu atentamente todas as estranhas pa-

CAPÍTULO QUATRO

lavras e ruídos que Tomás fez. Ela tentou dizer cada uma delas exatamente como ele, o que não era fácil. Alguns dos sons eram muito estranhos. No entanto, ela achou que o feitiço estava funcionando. A mistura se mantivera meio cor-de-rosa conforme ela acrescentava os diferentes ingredientes na tigela, mas, quando mexeu e falou as palavras, a poção ficou sem cor e com um leve cheiro de rosas. Tesourinha ficou muito surpresa porque, quando Tomás parou de falar, ele tombou de repente para trás, contorcendo-se em cima da mesa, agitando as patas no ar.

– O que aconteceu? – perguntou ela, ansiosa.

– Nada! – disse Tomás, numa espécie de ronronar abafado. – É só que... é só que...

TESOURINHA E A BRUXA

alguns dos sons eram eu mesmo xingando porque não conseguia me lembrar das palavras! Tesourinha percebeu que ele estava rindo, à maneira como os gatos riem.

– Bem, só espero que isso funcione – disse ela. – O que eu faço agora? Espalho no meu corpo?

Tomás se pôs de pé em um salto muito rapidamente.

– Sim, mas espalhe em mim primeiro – disse ele. – Trabalhei tão duro quanto você. E já estou cansado de ela me fazer ter vermes quando está aborrecida.

Parecia justo. Tesourinha cobriu bem dois dedos com a pasta sem cor e os esfregou cuidadosamente em Tomás até que seu pelo

73

CAPÍTULO QUATRO

negro estivesse todo emplastrado e grudado. Tomás arqueou o corpo, o pelo espetado.

— Blergh! — exclamou ele, sacudindo uma das patas dianteiras, enojado. — Espero que isso seja absorvido ou algo assim.

TESOURINHA E A BRUXA

Pareceu ser absorvido. Quando Tesourinha havia quase terminado de espalhar a
mistura sobre o próprio corpo – de maneira
muito parcimoniosa, porque a pasta chega-
va ao fim de forma horrivelmente rápida –,
Tomás sacudiu-se e voltou a seu eu felpudo
e sedoso.

– Assim está melhor! – disse ele. Em seguida esticou uma pata traseira e a lambeu,
enquanto Tesourinha limpava o pé sujo com
um trapo e espalhava o restante da pasta
na sola e entre os dedos dos pés.

– Acha que vai funcionar? – perguntou ela.

– Flumf – disse Tomás, a boca cheia de
pelo. – É melhor que funcione. Não vou passar por isso outra vez!

CAPÍTULO QUATRO

– Nem eu! – concordou Tesourinha, quando finalmente voltou bocejando para a cama. Tinham levado muito tempo para limpar tudo e pôr as coisas no lugar, de modo que Bella Yaga não percebesse que algo ali fora usado. Depois ela teve de limpar o lodo dos pés e as pegadas no piso do corredor. Tesourinha quase caiu no sono ali mesmo no chão enquanto fazia aquilo.

E, naturalmente, ela teve a sensação de só ter dormido cinco minutos quando Bella Yaga começou a bater à sua porta, gritando:

– Levante-se, sua coisinha preguiçosa! O Mandrake quer seus ovos com bacon.

– Diga a ele que mande um demônio fazer – grunhiu Tesourinha.

– O quê? – esbravejou Bella Yaga.

TESOURINHA E A BRUXA

– Estou indo! – gritou Tesourinha de volta. – E eu não sou sua escrava!

– É o que você pensa! – berrou Bella Yaga.

TESOURINHA E A BRUXA

CAPÍTULO CINCO

Como era de esperar, Tesourinha estava de muito mau humor aquele dia. Resmungava entre dentes enquanto trabalhava na oficina, e resmungava em voz alta quando tinha de

CAPÍTULO CINCO

se arrastar até o jardim de ervas daninhas para pegar urtiga e heléboro.

– Já chega de ser tratada como escrava! – disse ela. – E está chovendo! – Ela voltou se arrastando e atirou as plantas molhadas sobre a mesa.

– Não faça isso! – reprimiu Bella Yaga rispidamente. – Eu lhe disse para colocar as plantas no caldeirão, sua coisinha inútil!

– E eu lhe disse que não sou sua escrava! – devolveu Tesourinha. – Concordei em ser sua assistente e você concordou em me ensinar magia, e tudo que você faz é quase me matar de trabalhar!

– Eu não concordei em ensinar magia a você! – gritou Bella Yaga. – Tirei você do St. Morwald porque precisava de outro par de mãos!

TESOURINHA E A BRUXA

— Então você é uma trapaceira! – disse Tesourinha. – Você enganou a Sra. Briggs e me enganou. Disse à Sra. Briggs que ia ser minha Mãe Adotiva.

Bella Yaga fuzilou Tesourinha com os olhos. Estava tão tomada pela fúria que seu olho castanho revirou para cima e o azul revirou para baixo. Tesourinha estava bastante amedrontada e se perguntou se

CAPÍTULO CINCO

não teria ido longe demais. Mas tudo que Bella Yaga fez foi dar um tapa na cabeça de Tesourinha com tanta força que os ouvidos da menina zumbiram.

– Mãe Adotiva, pois sim! – disse ela, rindo furiosamente. – Vá colocar mais lenha debaixo do caldeirão. Agora. Ou eu lhe farei ter vermes.

Tesourinha dirigiu-se, tonta, ao monte de lodo onde estavam as chamas verdes e empilhou gravetos debaixo do caldeirão. Quando sua cabeça havia desanuviado um pouco, ela perguntou:

– E então? Você vai me ensinar magia ou não?

– É claro que não – disse Bella Yaga. – Você é apenas meu par de mãos sobressalentes.

TESOURINHA E A BRUXA

Certo!, pensou Tesourinha. *Já chega!*

Tesourinha fervilhou de raiva pelo restante da manhã, mas tomou o cuidado de fervilhar em silêncio para que Bella Yaga não visse o quanto ela estava zangada. O almoço foi o bolo de carne que o cozinheiro em St. Morwald costumava preparar para Tesourinha como um mimo especial. O Mandrake havia mandado seus demônios buscarem o bolo porque também gostava dele. Tesourinha mal pôde acreditar quando o reconheceu. Ela ficou fitando o prato e mal conseguiu comer de tanta raiva e saudade.

Depois do almoço, Bella Yaga reuniu todos os feitiços dos últimos dias, pôs cada um deles cuidadosamente em uma sacola plástica e acomodou todas as sacolas em

TESOURINHA E A BRUXA

uma cesta de compras. Então tirou o chapéu vermelho do gancho no corredor e o pôs na cabeça.

– Estou indo entregar estes aos meus clientes – disse ela.

Apesar de furiosa, Tesourinha estava interessada o bastante para perguntar:

– Você vai de vassoura?

– Certamente não – disse Bella Yaga.

– Todos os meus clientes são muito respeitáveis. Pertencem aos Amigos da Terra e à Associação de Mães. Eles teriam ataques se me vissem chegando em uma vassoura! Agora pare de fazer perguntas estúpidas e limpe o chão. Quero poder comer meu jantar nele quando voltar.

CAPÍTULO CINCO

Tesourinha observou Bella Yaga abrir a parede vazia no fim do corredor como se fosse uma porta principal e sair. Assim que a parede se fechou, Tesourinha voltou correndo para a oficina, chamando Tomás.

– O que foi? – perguntou Tomás, rabugento, lutando para sair de dentro de uma das tigelas de mistura. – Eu estava dormindo. O único momento em que tenho um pouco de paz é quando ela sai.

– Sim, eu sei – disse Tesourinha. – Mas só me ajude por cinco minutos. Qual é o feitiço para dar a alguém um par extra de mãos?

A pata de Tomás parou a meio caminho de coçar o queixo com irritação.

– Que boa ideia! – disse ele, respeitoso.

O único feitiço no livro que tinha alguma

TESOURINHA E A BRUXA

semelhança com o que Tesourinha queria era chamado *Para Provocar Um Crescimento Extra No Corpo De Uma Pessoa.*

– Acha que pode servir? – perguntou ela a Tomás.

– Quase – disse ele, debruçado sobre a página. – A maior dificuldade é conseguir um cabelo da cabeça dela. Ela não vai deixar você chegar perto do cabelo dela, se puder evitar.

– Vou conseguir de alguma forma – disse Tesourinha de maneira sombria. – Ela fica repetindo que queria outro par de mãos. Então vai tê-lo, custe o que custar!

Tesourinha trabalhou febrilmente durante a hora seguinte. O feitiço dizia para fazer o ídolo da pessoa usando todos os tipos de coisas desagradáveis. Então você fazia

CAPÍTULO CINCO

as partes extras que queria usando asas de morcego e cera de abelha, e prendia na imagem com Tomás bancando o familiar. A coisa que fazia o feitiço funcionar era um cabelo da pessoa com quem você estivesse trabalhando, enrolado no ídolo.

Tesourinha gostou de fazer um modelo de Bella Yaga. Ela corria para o banheiro de tempos em tempos para olhar o desenho dela e ter certeza de que a estava fazendo suficientemente feia. Mas teve dificuldade com o par extra de mãos. Eram tão minúsculas. Ela teve de amassá-las e recomeçar três vezes. Então, quando finalmente acertou, não conseguia decidir sobre o melhor lugar para colocá-las.

TESOURINHA E A BRUXA

– Que tal nos cotovelos? – perguntou ela a Tomás.

– Nos joelhos? – sugeriu Tomás. – Ela...

– Ele se deteve e levantou-se em um arco, com todo o pelo eriçado. – Esconda-se! Depressa! Ela está voltando!

Tesourinha não conseguia ouvir nada, mas sabia que os ouvidos dos animais eram muito melhores do que os humanos. Ela não

CAPÍTULO CINCO

discutiu. Enfiou as duas mãos minúsculas em qualquer lugar para não perdê-las. Depois pegou a imagem – e uma grande chave de fenda com ela, por causa de outra ideia que acabara de ter – e correu com tudo para o seu quarto. Lá, enfiou o modelo e a chave de fenda debaixo do travesseiro e correu de volta para a oficina. Só houve tempo para pegar uma vassoura e começar a passá-la no chão de um lado para o outro antes que Bella Yaga entrasse.

– Você chama isso de limpar o chão? – perguntou a bruxa. – Você não vai jantar a não ser que faça melhor do que isso, criatura preguiçosa!

Tesourinha teve de varrer e raspar e esfregar pelo restante do dia. No entanto,

TESOURINHA E A BRUXA

estava tão ocupada pensando em formas de conseguir um fio de cabelo de Bella Yaga que mal prestava atenção ao que estava fazendo. Pensava que, se ao menos pudesse encontrar o quarto de Bella Yaga, seria fácil. Haveria um pente ou escova de cabelo na penteadeira e muitos fios neles. Bella Yaga nunca arrumava nada depois de usar. Na hora do jantar o chão estava quase limpo, mas não totalmente. Bella Yaga sorriu, malévola.

– Pode ir para o seu quarto e comer pão e queijo lá, como jantar – disse ela. – Isso deve ensiná-la a não ser tão preguiçosa no futuro!

Tesourinha correu para o quarto, na esperança de ver o demônio que levaria o pão

CAPÍTULO CINCO

e o queijo. Mas foi um pouco decepcionante. Alguma coisa certamente foi ao quarto. Ela sentiu um vento em redemoinho e uma sensação de calor. Mas tudo que Tesourinha viu foi um prato com frios do bar que ficava mais adiante na rua, que de repente apareceu no meio da cama; e o redemoinho parou assim que ela o viu.

– Você está aí? – perguntou Tesourinha. Mas não havia nada.

Depois de comer seu jantar – foi bastante satisfatório, com dois tipos de picles e um ovo cozido, além de queijo e pão francês –, Tesourinha pegou, pensativa, a chave de fenda embaixo do travesseiro. Então

TESOURINHA E A BRUXA

ajoelhou-se junto à parede que supostamente separava o quarto do banheiro e começou a fazer um buraco nela com a ferramenta. Tomás tinha dito que o quarto do Mandrake ficava do outro lado. Era óbvio que o quarto de Bella Yaga também ficava ali. Assim, Tesourinha furou e girou e raspou com a chave de fenda até sentir a extremidade

CAPÍTULO CINCO

vazar do outro lado da parede. Então, muito lenta e delicadamente, mal ousando respirar, ela puxou a chave e levou o olho ao buraco.

Um ar quente soprou em seu olho. Ela teve de limpar a poeira de argamassa antes de poder olhar outra vez. Quando espiou, descobriu que não estava vendo um quarto. Nem tampouco era o banheiro. Parecia uma espécie de estúdio, visto dali, pintado de preto, dourado e vermelho. A imensa figura do Mandrake estava ali, sentado a uma espécie de mesa. Além dele, via-se Alguma Coisa rodopiando e se contorcendo.

Tesourinha só conseguia ver partes dessa coisa, mas tinha quase certeza de que se tratava de um demônio. E, se era um demônio, ela sabia que nunca mais iria querer ver um.

TESOURINHA E A BRUXA

Ela afastou o olho e bloqueou o buraco com a chave de fenda.

– Droga! – exclamou. Aquilo não a deixava nem um pouco mais perto de pôr as mãos em um fio de cabelo de Bella Yaga. Ela se agachou, pensando. Após algum tempo, ainda pensando, ela se levantou, foi para o banheiro e olhou para a parede ali. De fato, havia um buraquinho farelento, e ela podia ver a ponta da chave de fenda projetando--se dele.

– Eu não entendo a magia – disse Tesourinha. – Ela vai ter de me ensinar a respeito.

TESOURINHA E A BRUXA

CAPÍTULO SEIS

Na manhã seguinte, Bella Yaga estava gritando como de costume:

– Acorde! Rápido! O Mandrake quer pão frito no café da manhã hoje!

CAPÍTULO SEIS

Tesourinha levantou-se da cama de um salto, vestiu-se velozmente e disparou para o corredor a fim de ir ao banheiro. Lá, parou abruptamente e ficou olhando para o chapéu vermelho de Bella Yaga, pendendo no gancho.

– É claro! – disse ela. – Aposto que tem um cabelo naquele chapéu!

Mais que depressa, ela tirou o chapéu do gancho e, de fato, ali havia dois fios de cabelo, ondulados e azul-púrpura, agarrados à fita do chapéu, na parte interna. Tesourinha os

TESOURINHA E A BRUXA

recolheu e correu para o banheiro, onde os escondeu no *nécessaire*.

– Ande logo! – gritou Bella Yaga.

Você que espere!, pensou Tesourinha. Então correu para a cozinha e colocou algumas fatias de pão na frigideira. O pão absorveu toda a gordura que havia na panela e então queimou, apesar de Tesourinha ter despejado o que lhe pareceram litros de gordura a mais enquanto cozinhava.

O Mandrake olhou para o prato de fatias ressecadas e pretas.

– O que é isto? – Ele voltou os olhos para Tesourinha e ela viu as faíscas vermelhas acenderem-se neles.

– Eu nunca fiz pão frito antes – disse ela. – Não ficou bom?

CAPÍTULO SEIS

– Não – disse Mandrake. Os poços incandescentes dos olhos voltaram-se para Bella Yaga. – Por que você não ensinou a ela como fazer?

Bella Yaga ficou pálida.

– Bem, eu... hã... qualquer um sabe fazer pão frito.

– Errado – disse Mandrake. – Não deixe que isso me perturbe outra vez. – Ele fez um gesto com a mão. Houve uma espécie de tremulação no ar acima de seu ombro esquerdo e uma doce voz falou, vinda do nada.

– O que posso fazer pelo meu hediondo mestre hoje?

– Não seja grosseiro – resmungou o Mandrake. – Pode levar esta comida daqui e me trazer pão frito de verdade do Acampamento

TESOURINHA E A BRUXA

de Escoteiros da Floresta de Epping.

– Sim, horripilante mestre – disse a voz. O ar tremulante girou num redemoinho. Em um piscar de olhos de Tesourinha, o pão queimado se foi e fatias douradas e crocantes apareceram no lugar. O Mandrake grunhiu e começou a comer em um silêncio terrível e palpável. Bella Yaga também se manteve muito quieta. Tesourinha viu que Tomás havia saído sorrateiramente, indo se esconder atrás da cesta de lixo debaixo da pia, portanto ela, sabiamente, também nada falou. O café da manhã pareceu durar um ano.

Quando finalmente chegou ao fim, Bella Yaga apressou Tesourinha em direção à oficina.

– Como você ousa perturbar o Mandrake

CAPÍTULO SEIS

daquele jeito? – ralhou ela. – Você quase me meteu em uma encrenca e tanto!

– Bem, você devia tentar me ensinar em vez de simplesmente me mandar fazer as coisas – disse Tesourinha.

– Não me venha com desculpas tolas! – retrucou Bella Yaga. – Você está aqui para trabalhar. Eu lhe disse que preciso de outro par de mãos.

Você vai ter as suas mãos!, pensou Tesourinha, furiosa.

Ambas começaram a trabalhar. Quando já havia passado tempo suficiente para que parecesse convincente, Tesourinha disse:

TESOURINHA E A BRUXA

– Preciso ir ao banheiro.

– Tudo para me irritar! – exclamou Bella Yaga. – Muito bem. Você tem exatamente dois minutos. Um segundo a mais que isso e eu vou lhe fazer ter vermes.

Tesourinha correu para o banheiro e pegou os dois fios de cabelo de seu *nécessaire*. Então correu para o quarto. Com uma pressa terrível, ergueu o travesseiro, enrolou os dois fios de cabelo na pequena imagem de Bella Yaga e correu de volta ao banheiro para dar a descarga. Então voltou rapidamente à oficina.

Quando abriu a porta, um uivo horrível foi ouvido. Tomás passou em disparada por entre as pernas de Tesourinha e mergulhou no quarto dela, fora do campo de visão.

CAPÍTULO SEIS

– O que foi que você fez? – berrava Bella Yaga. – Sua garota má, o que foi que você fez? Tesourinha cobriu a boca com as duas mãos para não rir alto. Ela não percebera onde havia fincado as duas mãos extras. Estava com muita pressa. Uma dela acabara presa na testa de Bella Yaga, onde se agitava, com os dedos se abrindo e se fechando diante dos olhos dela. Enquanto Tesourinha olhava, o indicador e o polegar encontraram o nariz de Bella Yaga e beliscaram. A bruxa

TESOURINHA E A BRUXA

uivou e girou. A outra mão, para grande prazer de Tesourinha, estava presa na parte posterior da saia de lã de Bella Yaga, como um rabo. E também a beliscava.

– O que boi que bocê bez? – tornou a gritar Bella Yaga, tentando libertar seu nariz.

– Eu lhe dei um par extra de mãos – disse Tesourinha. – Exatamente como você queria.

– Aah! – uivava Bella Yaga. – Bou lhe dar bermes!

Tesourinha viu-se sendo empurrada para trás. Era como se estivesse sendo varrida por uma vassoura invisível. A força que a empurrava a levou para dentro de seu quarto e fechou a porta com um estrondo. Tesourinha ouviu o clique da fechadura e soube que desta vez estava trancada. Ela

CAPÍTULO SEIS

deu meia-volta e viu Tomás de pé em sua cama, o corpo arqueado, com o pelo eriçado e os olhos vidrados.

– Fique aí! – gritava Bella Yaga do lado de fora. – Fique aí com os bermes!

Tomás deu um longo e trêmulo uivo e mergulhou sob as cobertas da cama de Tesourinha. Ali ele se arrastou e tomou impulso, se remexendo até virar nada além de uma pequena protuberância ao pé da cama.

– Não precisa se esconder – disse-lhe Tesourinha. – Nós fizemos aquele feitiço. Ela não pode nos fazer mal.

Mas Tomás, estava claro, não levava a menor fé no feitiço. Ele ficou onde estava e não falou nem se mexeu, nem mesmo quando Tesourinha o cutucou. Ela suspirou e sen-

TESOURINHA E A BRUXA

tou-se na cama para ver o que aconteceria
a respeito dos vermes.

Depois de aproximadamente um minuto,
a imagem de Bella Yaga saiu voando de sob
o travesseiro e caiu no chão. Tesourinha viu
que as duas mãozinhas haviam se soltado.
Ela apanhou o ídolo e tentou fincar as mãos
de volta. Tentou em vários lugares, mas nada
parecia fixá-las. Tesourinha suspirou
novamente, pois sabia que Bella Yaga
de algum modo havia quebrado por
completo o feitiço.

Então os vermes chegaram. Sur-
giram do nada em um feixe grande e
sinuoso e caíram no chão aos pés de
Tesourinha. Ela tirou os pés do caminho e ficou olhando para eles. Parecia haver

107

CAPÍTULO SEIS

pelo menos uma centena. Eram do tamanho de minhocas e, como Bella Yaga prometera, eram azuis e púrpura e se contorciam muito. Tal movimento, Tesourinha percebeu, era porque os vermes não estavam nada felizes naquele chão. Alguns tentavam entrar pelas rachaduras nas tábuas do assoalho para fugir da luz do dia.

– Nosso feitiço funciona – disse Tesourinha à protuberância que era Tomás. – Os vermes estão no chão, sem fazer nenhum mal.

A protuberância recusava-se a se mexer ou falar.

– Gato medroso! – disse Tesourinha. – Você é pior do que Pudim.

TESOURINHA E A BRUXA

Mas como Tomás ainda se recusava a falar ou sair, Tesourinha sentou-se e refletiu sobre os vermes. Eles não a preocupavam absolutamente por serem vermes. Mas alguma coisa a preocupava, sim. Passado

CAPÍTULO SEIS

algum tempo, ela percebeu o que era. Aqueles vermes deveriam estar dentro dela. Se Bella Yaga descobrisse que, em vez disso, estavam no chão, saberia que Tesourinha e Tomás haviam feito o feitiço para se proteger. Então Bella Yaga iria quebrar aquele feitiço imediatamente.

Tesourinha perguntou-se como esconder os vermes. O único esconderijo no quarto era na cama e, como Tomás tinha tanto medo de vermes, isso não seria gentil. Mas... os olhos de Tesourinha dirigiram-se à chave de fenda que ainda se projetava da parede. Aquele buraco que ela havia feito era do tamanho exato para abrigar um verme. Bella Yaga aparentemente nunca ia ao banheiro, portanto os vermes poderiam rastejar para

TESOURINHA E A BRUXA

debaixo do tapete e ficar escondidos lá até Bella Yaga resolver libertar Tesourinha.

Então ela poderia colocá-los em um balde e levá-los para o jardim de ervas daninhas, onde ficariam mais felizes.

Tesourinha levantou-se e puxou a chave de fenda, tirando-a da parede. Em seguida apanhou o verme mais próximo, azul e sinuoso, e o conduziu para o buraco. Ele entrou avidamente. Odiava de verdade ficar ali no chão. Assim que ele passou, Tesourinha apanhou o próximo, e o próximo. Assim ela passou verme após verme através da parede, sentindo que estava fazendo uma boa ação.

Todos estavam muito mais felizes assim. e Bella Yaga nunca precisaria ficar sabendo.

CAPÍTULO SEIS

Tesourinha estava passando o último verme pelo buraco quando Tomás saiu, se arrastando, de sob as cobertas.

– O que você está fazendo? – perguntou ele.

– Mandando os vermes se esconderem no banheiro – explicou Tesourinha.

TESOURINHA E A BRUXA

– Não! – urrou Tomás, voltando correndo para debaixo das cobertas como um rato entrando em um cano.

– Francamente, Pudim... quero dizer, Tomás! – disse Tesourinha ao soltar a cauda do último verme. – Quem o visse pensaria que...

A parede ficou incandescente. Tesourinha foi parar do outro lado do quarto ainda mais rápido do que Tomás ao entrar sob as cobertas. Ouviu-se um rosnado vindo de trás da parede incandescente que muito rapidamente se transformou em uivo e então em rugido. Tesourinha tapou os ouvidos. Nisso, a maior parte da parede desapareceu e Mandrake entrou violentamente. Ele estava em chamas, exalando fogo

CAPÍTULO SEIS

negro e mais alto que nunca. Os olhos eram poços vermelhos de fúria e o fogo escuro desprendia-se dos chifres na cabeça.

Tesourinha se viu agachada debaixo da cama sem saber como tinha ido parar ali.

– Vermes! – berrou o Mandrake. – VOU FAZÊ-LA TER VERMES!

De sob a cama, Tesourinha viu os pés enormes de Mandrake, que agora pareciam ter garras, abrir buracos fumegantes no chão enquanto ele marchava atravessando o quarto e saía pela parede ao lado da porta. Um ruído e uma precipitação encheram o ar atrás dele. Espiando de onde estava, Tesourinha viu patas cobertas de escamas, caudas malcuidadas, cascos pegajosos, asas pontudas e muitas coisas mais estranhas que faziam

TESOURINHA E A BRUXA

parte da horda de demônios que seguiam Mandrake. Ela não tentou ver completamente nenhum deles. Na verdade, alguns até a fizeram esconder o rosto nas mãos.

Ouviu-se um imenso estrondo quando o Mandrake atravessou a parede da oficina. Um ruído como o de uma tempestade encheu o ar. Tesourinha ouviu Bella Yaga gritar:

– Não fui eu! Não fui eu!

Em seguida ouviu-a gritar feitiços furiosos. Seguiu-se um ruído de coisas se quebrando e Bella Yaga simplesmente dando gritos. Tesourinha viu luzes trêmulas verdes e pretas. Então veio o silêncio. Não era um silêncio bom. Tesourinha ficou onde estava. Não se mexeu, nem tirou as mãos do rosto, nem mesmo quando ouviu a porta do quarto se abrir.

115

TESOURINHA E A BRUXA

– Saia – disse Mandrake.

Tesourinha saiu se arrastando muito lentamente. Para sua surpresa, não havia marcas de fogo no chão e nenhum tipo de buraco nas paredes. Mandrake encontrava-se parado ao vão da porta parecendo um homem comum de mau humor, exceto pelas pequenas faíscas vermelhas no centro de seus olhos.

– Ela fez você ter vermes – disse ele.

– Sim – confirmou Tesourinha – e eu os coloquei no banheiro para escondê-los. Foi um erro.

– Vermes mágicos entram em lugares mágicos – explicou Mandrake. – Eles foram para o meu covil. Ela não vai mais fazer isso com você. Você não vai mais fazer isso. Eu disse a ela que fizesse de você uma assistente

CAPÍTULO SEIS

decente e lhe ensinasse corretamente. Não gosto de ser perturbado.

– Obrigada – disse Tesourinha. – Você pode também fazê-la me mandar para a escola amanhã, quando as aulas começam? Preciso ver meu amigo Pudim.

– Talvez – respondeu Mandrake. Ele caminhou até a parede onde Tesourinha havia feito o buraco.

– O bangalô vai ficar muito mais tranquilo se eu estiver fora o dia todo – ressaltou Tesourinha rapidamente.

– Vou pensar a respeito – disse Mandrake. Então entrou na parede e desapareceu.

– Muito bem – disse Tesourinha.

TESOURINHA E A BRUXA

CAPÍTULO SEIS

Ela deu meia-volta e tirou Tomás de debaixo dos lençóis. Ele era pesado e macio. Tesourinha encostou o rosto no pelo dele e ele ronronou. Tesourinha sorriu. Ela pensou no que tinha acabado de acontecer.

— Sabe — disse ela a Tomás —, se eu fizer as coisas direitinho, acho que seremos capazes de fazer os dois se comportarem exatamente como queremos.

Então carregou Tomás pelo corredor até a oficina. Bella Yaga, vermelha e atormentada, estava catando cacos de vidro e de tigelas. Ela voltou o olho azul malevolamente na direção de Tesourinha, que mais que depressa, antes que Bella Yaga pudesse falar, disse:

TESOURINHA E A BRUXA

– Por favor, vim para minha primeira aula de magia.

Bella Yaga suspirou, furiosa.

– Muito bem – disse ela. – Você ganhou... por ora. Ah, quem me dera saber como você fez isso!

CAPÍTULO SEIS

*****

Um ano se passou.

*****

Tesourinha suspirou feliz ao acordar e tentar tirar os dedos dos pés de debaixo do gordo Tomás. Todos em sua nova casa agora

TESOURINHA E A BRUXA

faziam exatamente o que ela lhes dizia. Era quase melhor do que no orfanato. Mandrake até passara a chamá-la de Tesourinho. Quando Tesourinha lhe pedia para mandar seus demônios lhe trazerem o café da manhã, eles iam imediatamente. Estavam começando a fazer o que Tesourinha mandava sem que ela tivesse de pedir primeiro ao Mandrake. No dia anterior, tinham levado para ela o cardápio do café da manhã do melhor hotel da cidade. Tesourinha o apanhou e analisou.

Café da manhã na cama com arenque defumado, ela pensou, ou ovos mexidos, ou por que não ambos? Enquanto ponderava se pedia ou não iogurte também, lembrou-se da única coisa triste na vida. Nada conseguia convencer Pudim a ir visitá-la. Ele tinha

CAPÍTULO SEIS

muito medo do Mandrake. Ainda assim, ela pensou, optando afinal por pedir o grelhado misto, ela poderia se esforçar com Pudim, exatamente como havia feito em seu novo lar.

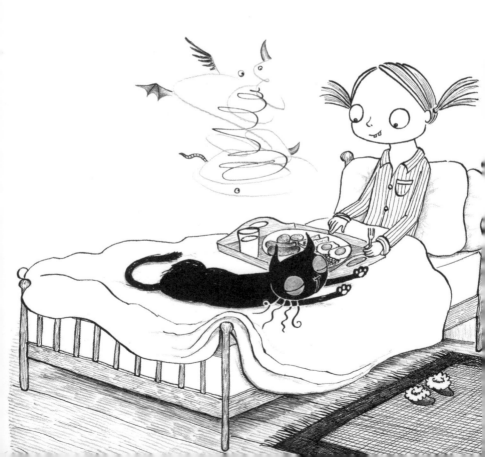

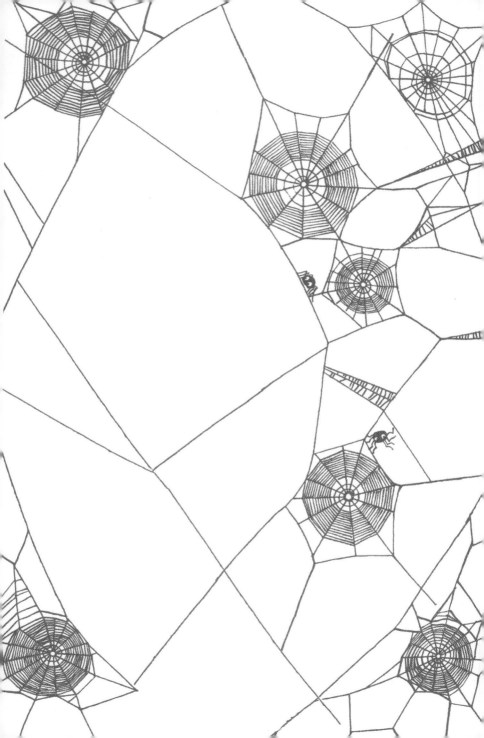

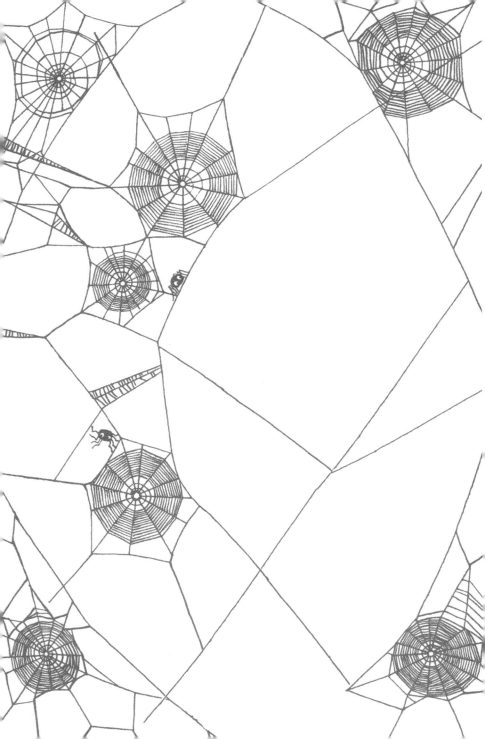

Este livro foi composto na família
tipográfica Bookman Oldstyle e
impresso em papel Alta Alvura
na Gráfica Stamppa